alexandre krug

é ator, dramaturgista e tradutor de alemão, espanhol e inglês. Natural de Porto Alegre, onde se graduou em letras, mudou-se para São Paulo em 1994, onde concluiu mestrado na Universidade de São Paulo sobre tradução e teatro. Entre outros projetos teatrais, participa desde 1998 da Cia São Jorge de Variedades, atuando e escrevendo em espetáculos como *Barafonda* (2012) e *Fausto* (2014). É pai da Iara, de 6 anos e do Jorge Zuri, de 3. *Atentações quatro atos* é seu primeiro livro de poesia publicado, reunindo produção antiga e recente, e chega finalmente agora junto com Valentim, seu terceiro filho.

Instagram: @x.krug

ATENTAÇÕES
[QUATRO ATOS]

alexandre krug

editora Urutau
primeira edição
2023

O —

editora Urutau

rua do cajú, 478,
jardim das cerejeiras
06724-015
cotia-sp (brasil)

rua manuel pacheco nobre, 128 - 5º esquerdo
2830-080
barreiro (setúbal)
portugal

[+351] 928053619 [portugal]
[+55] 11 9 4859 2 426 [brasil]

www.editoraurutau.com.br
contato@editoraurutau.com.br

[EDITORES]
tiago fabris rendelli & wladimir vaz
[COORDENAÇÃO DE REVISÃO]
debora ribeiro rendelli
[REVISÃO]
marcella sarubi
[DIAGRAMAÇÃO]
victor h. azevedo
[CAPA]
fotografia de eugenia remark

dados internacionais de catalogação na publicação (CIP) de acordo com ISBD

krug, alexandre
K94a atentações: [quatro atos] / alexandre krug. - cotia : urutau, 2023. 92 p. ; 14cm x 19,5cm.

ISBN: 978-65-5900-463-8

1. literatura brasileira. 2. poesia. I. título.

CDD 869.1
2023-563 CDU 821.134.3(81)-1

elaborado por vagner rodolfo da silva - CRB-8/9410

sumário

ATO I
ENTRE A VALSA E A SALSA

[84] [ele chora no escuro em meus braços]
[85] [a]
[86] [halo de esperança]
[87] [aquela parte da geografia]
[89] [vamos e vejamos]
[90] [últimos maracujás]

Aos leitores atentos
nem tantos até então
mas todos intactos
dentro dos meus olhos.

ATO I

ENTRE A VALSA E A SALSA

*

dê leite às pérolas
aos porcos as ondas
entre a cruz e a picada
não esconda o pote
nem perca a flor da meada
pule sete nuvens
sem pisar no jogo
à sombra da pele viva
pra não morder o paletó
ou ficar a ver casacas
vire o arco e os ovos
pinte os pratos e os navios
abotoe a brisa
até quebrar o pó
e achar o fio da espada
no fim da sua íris

*

certas palavras
não cambiam gênero
sem mudar cabalmente
em coisas outras
a casa
o fado
o teto
a jura

já em traquejo de giro
e revoluteio de língua
palavra transex
rouba o seio da cena
a raba brejeira
a marida cavala
o piranho sapeco
o primeiro-damo

transfixa viesadas setas
na sala do sentido
afrouxa os feixes
à destra e à gauche
enfuna novas velas

e enforca o frio o feio
as falhas falanges fariseias
enfeza o próprio coiso

quaseromance

virgolino matou os parênteses
as apóstrofes apóstatas
queimou crases de família
esquartejou hifens indefesos
e limpou os asteriscos do seu caminho
entrou vitorioso em xiquexique
onde em colo de poemas
bonita maria o esperaria?

*

olhos roxos

piscam

nos jacarandás

arvoredo
me enredo

de ar verde

árvore é vida
papel é árvore morta

valham-me vermes
precisar de uma árvore morta

para escrever um libelo ecológico

passagem

o ômnibus é uma massa
vibrante

em cujos vidros eu estou estamos

sendo atravessado por luzes velozes

eu vejo como vamos e vimos e vemos

plateia itinerante

cujos espectadores já não se emocionam

com o espetáculo

o bom o ruim o sem

anda sem pressa
em direção qualquer
sendo colhido pelo vento
não alisa o cabelo
olha simpatético
para o nunca observado
mira desfiladeiros azuis
entre titãs acinzelados
nuvem diz quero ser mar pá
lua diz eu te amo viste
fecha os olhos esquecer pô
esquece qual o quê
que nada livra de morrer
e quase nada de viver
sem toque nem olhar
sem se orientar
viver sem.
“no oriente todo mundo é igual.”

*

economia da língua, vá lá
mas me poupa
se queres ir ao shopping, vai
se um burger te mata a fome, traça-o
se o bacon no rechaud te apetece, recheia-te
a crowd te coroa, que ótimo
te censuram apenas os freaks e fracos
bando de borderlines, claro
teu hd é ilimitado, cheio de flashbacks
brandindo brainstorms
e insignes insights
a sexta-feira é black e aproveitas, como não
customizaram teu look
deletaram tua memória
não tem problema, teus assets te garantem
tua makeup é marcante
teu checkin é antecipado
e teus pets fofos demais
sem falar em todo teu bacanudo background
tomas um drink no lounge
ao som de música soft
na conversa és light
na cama és hard

tudo em ti é show
mas deixa-me te avisar o que ignoras
mesmo que o budget do teu job seja top
não passas de tenra carne dos trópicos
a água da tua colônia não é potável
a canga que vestes não cansa
apenas mansamente encanta
e te emparelha ruminando olhares
mesmo que sejas vip ou prime
teus sonhos se eivam de paúra
de que a plebe te fure a pleura
rasgue tua soberba de free shop
devore teus valiosos vouchers
e teu gordo fígado de pato
cevado nas soirées privês
onde tu e a nata se desvelam
em lesas redundâncias
nos totens da tua toleima
papagaios multicor te fixam
entre tobogãs e fast foods
e te mandam os spoilers da tragédia
que teimas em não traduzir

•

luz se infiltra entre nuvens
água permeia cavernas
lento sussurro no ouvido
línguas em eterna meada

emprestam fornicam deglutem
desde sempre gregos e ciganos
trocando sílabas e salivas
mas é sina dos impérios se insinuar
e contra-atacar

•

soprei-te um verbo secular
uma lupa em tuas papilas
um naco cuspido de cor
torto tesouro, espantalho de luz
em tuas fontes e teu seio
mas sapo não é aranha
e urubu não se fantasia
sei que, bobeou, é boring
teu mindset não há de mudar
com esta simples ladainha
e seguirás em tua vibe
com teus kits e teus hobbies
e o afago de teus brothers
cheios de no problems e likes
colhe pois a bad trip incipiente
que feito névoa se avizinha
e recorda que de nada serve
ferver sem verve
remar com a régua
gritar na gruta
ajeitar o joio

boca invisível de viés te sorri
e te diz tudo isso sem stress
numa nice
não precisa agradecer o feedback

*

o barbeiro dizia a meu pai:
o cabelo dele é mais difícil
por quê?
tem dois redemoinhos

dois redemoinhos na cabeça
um ao sabor do vento
o outro a contrapelo
um doce fluir da corrente
outro travo estreito de horas
o giro natural das águas
ou cavoucar revolto nos ares
sêmen sereno na terra
deus da guerra sangrando

relógios andando opostos
num mesmo mar de alma
rodam moendo memórias
melaço de humores e auras
melenas medram maranhadas
na mata fechada arredia
onde o carneiro se inspira

linguavisão

hippie de fitinha na cabeça
rosto claro, cabelos vulcânicos
empunha um gesto
desloca nossa visão
para seus dois dedos
que apontam para o céu
exclamando
Paz & Amor

corte

a radiofoto no jornal é nítida
belos bélicos sorriem barbados
um deserto, capacetes e fuzis empoeirados
soldado em júbilo
empunha um gesto
vê-se o vê da vitória
que camufla morte em suas pontas eriçadas
para lugar nenhum

e a noite cai
sem nunca haver subido

*

nunca renuncie ao que te faz sorrir
dizia a embalagem de chá
se apaixone mais vezes pela mesma pessoa
sugeria o sachê de açúcar
para onde olhe o olhar
a palavra espreita pronta a te ajudar
somos o mundo somos as crianças
o amor está no ar
a mão invisível bem aqui pra te amparar
positivamente endereçada
calculada pra não te esmagar
se as fibras da mente resistem
se teu corpo não se esgarçar
as autopistas da esperança não mentem
você receberá uma grata surpresa
vote com consciência
pratique exercícios físicos
beba com moderação
grátis um biscoito da sorte

*

não põe a mão na máscara
dizia a velha à outra
mais velhinha ainda
com seu andador e luvas
não pode pôr a mão dizia
como quem fala à criança
enquanto levava o indicador
e o polegar ao queixo
com a autoridade maiúscula
de quem sabe o que fala

musa-sp

não chove.
pensamentos molhados olhos úmidos
em cada rosto uma escultura.
a musa coletiva está na beira da calçada:
30 garotas de programa de gestos naturalmente artificiais
50 camelôs diligentes e dispostos à luta
200 pares de óculos de sol pretos e coloridos
enfileirados e expectantes sobre o tabuleiro.
a musa coletiva passa:
15 mãos erguidas e aferradas dentro do ônibus
de 15 pessoas em trânsito, um parêntese de vida
(quantas foram abandonadas? e quantas alguma vez amaram?
e a quem interessa?)
15 bundas e outras tantas que não podem evitar se roçarem
75 dedos que cuidam de não se tocarem.
a musa coletiva então esvoaça
é sugada pelos pontos de fuga das ruas transversais
ou se eleva, dançando, hipnotizada pela luz que emana dos
espigões
sobe, sobe, sobe e se desfaz
em descondensação total.

não chove.

entre a valsa e a salsa

Sereno se constrói
Castelo de melodias
Brotam articulações
Torres, arcos, minaretes
Movimento harmônico
Girando rumo ao porvir
Ou porvires, estados
De sonho, de correção
Inevitável horizonte
Risonha lira que lacrimeja

então

nômade deslocado
linhas paisagens derretem
fusão pés ligeiros
onda contra rocha
vertigem vaga aproximação
treme chão racha
fendas gargalhadas
manuscritos se dissolvem
tempestade

entre a valsa e a salsa
o castelo e a terra rota
gritos fazem notas
silêncios em compassos
paixão profunda ódio mortal indiferença olímpica
escoram represas
em todo redor

dobras

branco e seco como eu, o papel serve
de tumba para a aranha, pequena
plana e lisa como uma flor seca
em meio ao corpo do texto, seu
corpo-asterisco compondo a
derradeira teia interrogante entre
os rabiscos lavrados na lápide da
folha, triangulação de linguagens
incompreensíveis entre si:

o branco
o corpo
o rabisco

à espera de mão caridosa que
feche o branco dos olhos, exume
o corpo e traduza o rabisco.

*

no fim do arco-íris
falta uma peça
sobra uma aresta
sobre a qual se abre um poço
em cujo bojo não faltam fendas
valham então as cores
as curvas
as oferendas
tudo que venha
do arco-da-velha

ATO II

LINHA VERMELHA - ESTAÇÕES SAGRADOS CORAÇÕES

*

I.

em si
era mais ou menos assim
como quando
seus lábios de rosa pálida
a fecundar
o toque dos meus
e ela aquela flor se abrindo
libertando pétala
acetinada áspera
que me enchia o palato
de néctar e assim por eras

era como assim
só que
                              mel
                              melhor

*

II.

ando
à espreita
nas esquinas
com um nome
entre cem gentes
vendo o instante
entrementes
de o colher
suavemente

com unhas
e dentes

*

III.

que bom que teu ar existe
não vai agora; não
se diz não a este convite:
devolve vida a minha vida
me divide, não vacila
toca o dedo na ferida;
vai gangrena vem vacina
na corcunda na artrite
piscina de chuva turva
encharcando a avenida
câimbra de alto calibre
couraça de gelatina
engessa tudo num clique;
coragem que se divise
haja tu e eu nessa lida
não foge nessa neblina
espessa fofa engrenagem
somos tantos tu eu nós
dois três ou uma mina
de gente pra sermos tinta
pólipo trança grafitti
por isso faço mais claro
segura logo esse elo
vem comigo no pique

*

IV.

tua língua
se dissolvendo e
se multiplicando
dentro da minha
boca
falando de espíritos
santos castos malditos
ao mesmo instante
na mesma lavra
perene medusa
entre o mar e a praia
larga lisa enguia
úmida se move
sofrendo silente
semente sem medo
nem meta

se essa língua fosse rua
eu mandava laminar
fileiras de lambe-lambe

no meridiano das esquinas
em cada curva do céu
infinitas frestas janelas
pra banda se demorar

se essa rua fosse língua
eu sorvia suas portas
comia suas palavras
trilhava cada pedrinha
até a lua deitar

*

V.

despertar descabelado
polido espelho.
a pele
reflete
sorrisos rubros
de boca serpente
de hálito elétrico

*

VI.

dei-lhe um pequeno serafim
de metal, ajoelhado, olhos fechados e boca aberta
e lhe disse: alerta!
este ser afim
de asas trêmulas
já não luto por tê-lo!

> ...tinha as pupilas tagarelas
> e no peito uma cancela

mas ela não entendeu
e riu alvos dentes
alvejando meu ser a fim banguela

*

VII.

transito
entre
saudade e mágoa
tragando sabores
algas amargas
são águas salgadas
de intransigente paisagem.

seca a espuma
salobra nas retinas
cega e fascina
o gosto amargo
do afogamento.

então rezo
um terço um transe
uma viagem
e me retransmito
urgente
a transitiva mensagem:
o branco do

esquecimento
e o negro
de uns olhos
pedindo complemento.

*

VIII.

coerência

No palco épico salto

Na cama melodrama

*

IX.

cactus versus lotus
do deserto à água escura
armados de graça eterna
tantos espinhos e pétalas
sem pressa vida afora
cada um à sua maneira
estudando o seu rival
o verde o ar o aroma
o chão o charco a beleza
a certa visão de alcançar
uma régia vitória afinal
mantras clarividentes
chás de percepção
brandidos feito diplomas
palavras claras mas curvas
espadas à mão repousadas
nada escapa ao olhar
uma guerra não declarada

hibiscus a tudo assiste
sem nem poder fazer nada

ama lotus de paixão
com cactus a vida é arejada
com este constrói cidades
aquele lhe mostra a verdade
se um sólido conversa
o outro maneiro se espraia
o rubro desejo hibiscus ferve
na caldeira do aqui perene
no sol do agora mesmo
sonha as cores do amanhã
com os olhos no horizonte
abraçando cactus
despetalando lotus
deste come o esquecimento
daquele desperta em agulhas
e nessa guerra sem final
de sentimentos e sentidos
sabe que ninguém vencerá
nem tampouco sobrarão
as caras as cartas os contos
só neste jardim de delícias
as sementes hão de brotar
do encontro das raízes
das correntes pelo ar
e uma liberta floração
a terra vai entregar

*

X.

quem mais ilumina
quem mais rebrilha e aquece:
o que está por perto ardendo
ou o que ao longe sóis reflete

quem alumia o caminho
quem clareia a treva inerte:
o que a meia-luz ergue e sustenta
ou o que distante estrelas segue

entretanto
quem no olho mais cintila
quem a entranha reconforta:
o que ao lado a aura abrasa
ou o que adiante um lume forma

ATO III

INTERMEZZO

INTER

ENTRE

LIGADO

CORTADO

colagem goyana

o nada.
bulhufas atômicas.
ninharias & porras-nenhumas
galharufas et diplomacias
Ave Césio morituri te salutant.

tevenaveia

globo engloba

glóbulos rubros.

lobo lúgubre

bula glamour.

lambada no lombo

lambida nos glúteos.

globotomia.

precisa prece

tem judeu na umbanda
budista de patuá
cristão saboreia daime
ateu manda um saravá

pajé costurou o sapo
xamã transou mineral
iogue sentiu a brisa
debaixo do baobá

no tempo da ave maria
dervixe girava a saia
na esquina ebó vigia
quem rola do templo maia

no tranco o transe aflora
oráculo vê pitonisa
cambono abraça a onda
a hóstia branca desliza

a cruz brigou com a rosa
a lua fez arsenal

rosário conta granada
sniper lendo a torá

rebanho mandando bala
no culto no carnaval
maçom fatura a cabala
um vulto furta o manah

romeiro põe pé na estrada
na selfie com a catedral
fiel mete a oferenda
seguidor curte a babel

no shopping segue a missa
feitiço in vitro no altar
embora o bom coroinha
se aliste no hezbollah

a vaca sagrada pasta
o galo preto se ferra
elefante branco enterra
o pobre leão de judá

na meca dos capitais
commodity cruza o céu
pastor arregaça as mangas
a burka baixa o seu véu

psicocracia do demo
divina pizza que impera

no cairo a velha pirâmide
vem sempre testemunhar

o mar a tudo indifere
imensidão circular
mas óleo cola na sola
na cara de iemanjá

a grande mãe se esfola
o ar do dia incinera
no hades dessa esfera
o apocalipse é já

e os dentes em credo crispam
sussurram pra se salvar
se anjos sinceros foram
arcavam com o fuá

e na mesa o arcano encara
corrente de mãos em prece
mandala precisa e rara
a terra o terreiro aquece

pois tudo que ora disse
não vale uma maldição
o sopro que corre a pele
há de ser a redenção

quitanda

manzanas argentinas

malvinas florais de bach

tulipas sem caloria

nêsperas com dna

fascinismo a granel

república sem sementes

ofertas ofegam surdas

de tela a tela em revista

agrobrisa à flor do dia

wi-fi aspirando o ar

*

somos moto-contínuos inquietos
trabalhando sob um céu nublado
atrolhados de afazeres e restolhos
atabalhoados atrás dos feitiços
incontáveis sonhares e reboots
assolando a paz e a paciência
ofertas de vantagens ao vento
nas navalhas do tempo retalhados
xadrez de gravatas encravadas
pulsos perenes sem estardalhaço
lágrimas de rímel espalhadas
ancas incansáveis como espadas
somos bolhas voando de tão pesadas
presas em valsa surda sem conserto
incessante vitrola escangalhada
falos e vulvas perdid X s no deserto

quintal

titica de galinha

política no formigueiro

alimentação natural

um índio devora um bispo

crescimento econômico

é boom mas é ruim

*

virou viral
vacilou já élvis
um tanto hesitante
veio viu e se vendeu
quando deu por si
se deitava na cama
bailando embevecido
sob o manto
descamando
suando frio
deu tudo de si mas dançou

logos nós

eu pontifico
você acata
eu te curto

eu regulamento
você titubeia
eu te denuncio

eu lacro
você critica
eu te frito

eu convoco
você se escama
eu te silencio

eu caroço
você cancro
na acrobacia
da crença

logo nós
que ligávamos tanto
a luz da verdade

*

a câmera acendeu
a live deslanchou
e lívido me achei
não era mais eu
e sim milhões de bits
torrentes de fótons
um branco sorriso
em duas dimensões
firme na resolução
pessoa em pixels
nirvana em branco
necas de pathos
nem o hálito da morte
nem o gelo da coxia
muito menos o gozo nos poros
a delícia das pupilas
apenas a plana odisseia
a grande marcha
todos a postos
à disposição integral
em atemporais dispositivos
um alívio venoso
jorrando nos nervos

surda bacanal oca global
anestesia doce suave
compulsória serpente
ainda latejando

*

quaresma
quarentena
quem enverga mas não quebra
quanto custa um quase
quedêle a cobra que estava aqui
quando entra o hard core
no status quo de quem não cora
caroço pouco é coragem
quero a polpa e a cavidade
supra seiva que não escorre
quo vadis aí meu nego
vou escalar parede torpe
quatro tapumes concretos
que cercam o que carece
encobrem o que transveste
eia contemplar o circo todo
estou pra desatrelar trevas
entortar tudo que é cálice
e o cerne assim será nu
cegando que nem quasar
só que não
talvez quem sabe um dia
por hora tudo é querência

cada qual no seu quadrado
de tentações e desertos
esquadros compassos de espera
enquanto corpos caem a cântaros
capengam arcos celestes
quebrantos caminham soltos
e o ocaso ilumina o quarto
onde essa caixa de ossos secos
rumina e míngua no peito
esterno escrito de cor
mínima tela caderno
que jaz rente ao chão e cala
na sua menor medida
só a côncava mão se aferra
em rito de entreato
e como um quartzo aguarda
o quadro torto virar esfera

*

o topo da utopia.as vozes sussurram no longo dia dentro dos dias.do pandemônio emergiu a pandemia.do convulso tumulto o que não vazaria senão parcas varrendo a terra marcando nas portas o signo da incerteza.e durante a pesada calmaria apesar da mostra de desvario do palavrório sobre economia surge uma vez mais a demanda renascida sempre da relva arrancada voz rija que nem exige mais bem indaga.qual liberdade é de fato livre.qual consumo não nos consome.que veneno é melhor que a praga.como competir superaria o sol solidário sobre a pele nua. até quando o amor monotema as formas do desejo não sacia.que zonas são bombas-relógio no conforto da covardia.utopia pouca é bobagem. essa lua e essa saudade de abraço moverão mundos em sua passagem.eia rasgar a lona espessa do circo morto que nos rodeia.

para-ode ao burguês

evoé, Mário de Andrade

eu também insulto o burguês
ainda que também o sendo em categoria rebaixada
deturpada
eu também o insulto sim

o burguês de lei
que sequer se sabe tolo nem pulha e crê na valia das coisas
assim como o burguês total que percebe a piada e mesmo assim
[a encena
com impecável fé e desdém

ao diabo o burguês disneylândia
o sorriso de burguês porsche dominical
lancinante ronco de pança plena
rode pra sempre no fondue do inferno

a terra engolirá o burguês ostentação
em todas as mansões e barracos
marcas infames a ferro e fogo impressas
nas testas devorem umas às outras

escárnio
vaia
injúria ao burguês gourmet

mirando carrancudo o menu de vacinas
em busca do terroir mais procedente
deboche recaia em sua carne e corroa seus ouvidos

sem ódio nem raiva nenhuma inscrevo
o escracho
zoeira eterna na cara do burguês ódio
besta-fera perfumada diferenciada pela fé de ser bom
sendo tão nocivo
raivoso pitbull danado sem coleira

aaaahh fora mesmo
o burguês imobiliário
com suas lajes sem samba nem farofa
ermo sombrio de garagens assépticas
esvaindo as águas da terra na sarjeta

que se empale o burguês patriota
com sua própria lança auriverde imperial
seus supremos sonhos de casta seleta
se explodam em mil arrotos pálidos de ovos podres de serpente
[indigesta

deitado no chão da rua
as costas arranhadas pelo asfalto insulto
amaldiçoo cem vezes o burguês bolsa
carteira portfolio preferencial de gases vaporando o cáustico
[semblante de cálculos

do alto de varandas lofts coberturas sequestrando o horizonte
se precipite
se esborrache o burguês tédio
de fachadas vidraçadas e elevadores exclusivos sem botões
compassivos espinhos recolham sua massa comedida

chega
já basta
pra rua o burguês mono
o burguês cópia límpida repetição
chapinhas caras amorfas plastificadas
enfileiradas nos muros premium da vergonha monocórdia

reles celebridades se esfacelem
celeremente se ressequem ao som de 666 blocos
bloquinhos
cordões chapinhando na chuva
cantando a marcha do remelexo suado rasgado
como a grande imprecação final
explodindo o intestino do burguês bom gosto turista de fino
[trato ilibado na sua própria cidade

ai aqui não presta
o país é bom mas o povo não presta
abomino arrenego
vai sai
vai pros quintos
sai da minha frente

viva o brega
abaixo a breguice do burguês arrasando quarteirões nas telas e
[colunas e qualquer lugar
no topo dos palácios e palanques
convenções cafonas inconvenientes

queime esbraseie até as cinzas
o monocórdico monotema vulgo romântico
ah ela me traiu
oh mas ele mereceu
gato e rato de novelinha de burguês monoafetado
nos aconselhos cibernéticos
nas paradas de sucesso de avaliações de estrelinhas e curtidas dos
[mil demônios
que a poeira besteira se perca no vento

bem-casados brigadeiros beneméritos bandeirantes plus advance
próceres prime
arquigente de escol e pedigree
consumidores orgulhosos com manobristas
camareiras e babás e secretárias
pseudopersonalidades
influencers de coisa nenhuma
todos vegetando a paciência
chupinhando o ar e asfixiando o sol em confeitarias bistrôs
[baladas galerias jardins
inaugurados em são paulo e similares
tomem paródia sem ódio mas desmesurado desprezo
fora
fora

fora

ATO IV
ANÉIS DE CRONOS

animal de poder i

a bruxa enorme esvoaça
na manhã de ano novo
meus olhos acreditam

animal de poder ii

preta mamangava zumbe
no signo amarelo às costas
o futuro escrito e manifesto

animal de poder iii

olhos de gato na rua deserta
nobreza de laser me atinge
siga-me se for capaz

animal de poder iv

quero-quero em voo rasante
o grito lanceia a luz e a sombra
volte para o seu lugar

animal de poder v

o bugio se veste de folhas
eu posso te curar reza o ronco
aqui do alto tudo se vê

animal de poder vi

morta a baleia exibe sua entranha
vês o meu ventre
é dentro dele que estás

animal de poder vii

sobre a estaca à beira da estrada
a coruja fixa seu olhar de madeira
se for vá com a alma

*

escaneie sua cara
quanta sacanagem gravada
quanto traço de engrenagem
casca de angústia esfoliada
máscara muscular indolor
ricto inscrito em cursiva
secreta comprime expressa
cicatrizes na bagagem
cifradas atrás da retina
maquiadas de visagem
como feridas camufladas
espreitando no espelho
à espera da mão do tempo
enxada de ar cuidadosa
vai riscando o seu caminho
escalavrando suas entradas
medicando a ferro e fogo
a tênue e feroz fachada
crispado o sorriso encena
se ver na serena pose
lumineutra de humores
um close calado e forte
mas escassa a calma entorta

tremulando a aura embaça
a história agarra a forma
e se trai a imagem bruta
de febre fodida tatuada
legado pétreo de lágrima
paleta de nuvens roxas
camada insone de treva
no solo sulcado da face
nas gretas da derme horta
de ásperos cravos crivada
no bronze da invisível pátina
onde jazem rosas cálidas

*

lá no cu do mundo
onde o trem passa uma vez por século
o húnicoabitante medita
... os girassóis crescem...
o húnicoabitante olha os trilhos
um dia acontecerá uma fissura inaudita
o húnicoabitante se toca
existe alguma coisa bonita

sonhos
                                        cores
                                                                        ventos que trazem
   odores

o húnicoabitante
vê a desolação além do horizonte

*

tem dia que chove todo o dia
tem dia que inteiro precipita
nuvem pairando intransitiva
tangente espessa como lama
molha de chumbo nações e peões
enxágua as mentes e os sons
costas ombros dúvidas e fins
cetim manchado que recobre
o leito encharcado da vontade
garoa ácida empapando o céu
saturando o ar o olho o papel
afoga o foco erode as palavras
infiltra e incha turva calmaria
não arrisca só chuvisca
faz que acode mas tripudia
entesa mas não excita
lava tudo mas não limpa
e a terra permanece seca
e as mãos continuam frias

retratos de preto e branco

a xícara de café preto
sobre a toalha branca
olho solitário que contempla a janela
o muro caiado sob a chuva fina
chora negras rachaduras
onde brotam antigas sementes
.
na diligente avenida financeira
fileiras esplêndidas de prédios
polidos dominós de vidro preto
restos de espectros de ratos
reflexos roídos da peste negra
assaltam o branco esquecimento
.
a hulha negra sobre a terra cavoucada
paisagem em borrões de valas e covas
incandescentes feridas e crateras
carvão aflora de vales sem vida
no céu bando de brancas nuvens
tecem seu longilíneo trajeto
.
o floresta negra reluz na vitrina
seu escuro mistério emaranhado

entre as bordas de alvos guardanapos
em tenra mirada moças morenas
pálidas magrelas roliças retintas
salivam e sonham um torrão de doçura

.

no tabuleiro as pretas encantoam
em cerco inexorável o rei branco
defendido tenazmente pela rainha
e alguns pobres peões anêmicos
aos saltos e quadrados o cavalo preto
desfere o coice fatal no lívido rosto

.

a folha branca do jornal
letras de tinta se desfazem
enegrecendo dedos já enrugados
uma vida a ler a sujeira das notícias
entre calos e nós as negras veias
atestam tortuoso mapa sob a pele

.

espelho negro na palma da mão
telas brancas incessantes sucedem
obsessivo semblante ávido absorto
morto abscesso se esvai da razão
palavras emoções juízos pensamentos
tudo se tritura no moinho sim-ou-não

.

brancas painas sobre a alameda
do alto flutuam para a dura realidade
não há onde germinar no asfalto

manchas de pombos em crostas e camadas
desbotadas bitucas boiando até o bueiro
boca de lobo do hades da cidade

.

diáfano shopping classe a
essência amendoada no ar
o cardume do rolezinho flana
sobre galhofas e límpidos desejos
pretas lapelas sussurram curto e grosso
vigias cinza cintilam o branco do olho

.

o homem negro adentra o ambiente
a garganta do menino branco se aperta
o outro o outro o outro o outro o outro
acelerado peito engole medo
branca barba esconde mágoas
boa-noite seco fecha a porta

.

black sobre blanc fusão a pele
em fúria se impele contra outra
pele na úmida febre se dissolvem
dedos aferrados trançam cores
concha espiralada retorce a dança
transe de amor por pupilas e espinhas

.

buraco negro devorando a luz
o branco de todas as cores no facho
feixes raios poeiras astros e corpos
voando ínfimos rumo ao vórtice

hipnótica gravidade sorve o próprio vácuo
na boca trevosa da grande interrogação

*

ele chora no escuro em meus braços
a escuridão atravessa o tempo
os braços são raízes aéreas
o choro é a própria energia
a voz do universo nascendo
alimento de ramos e rochas
ondas de vida ao quadrado
pão de galáxias e continentes
inundando a bruma do quarto
sustentando os pés e as plantas
meteoro que explode no ar
extingue a força e a fadiga
uma dança revolta de pernas
sansão abraçado à coluna
a nota primal corre as costas
flutua zunindo no breu
um sobe e desce no vácuo
grita no confim da certeza
um deus menino nasceu

*

a
teia
as horas
não demora
no era do agora
algo se transforma
exata a flor se dobra
a própria paixão é sobra
entalhe na pedra viva
limo que só respira
na brisa evapora
retrato no ar
memória
serei
a

*

halo de esperança
nem falo de frutos
só da síntese da luz

*

aquela parte da geografia
aquela zona
em que não se sabe
não se percebe a passagem
será mata ou mato
coxa ou cintura
ponta de areia ou remanso
mangue ou restinga
na fronteira mirada
da mão ou da encosta
será lomba ou nádega
em que região o nome se perde
a anca cai pros lados
o quadril transborda o quadro
terra e mar indecididos
pulso ou palma
reverso de cotovelo
rótula da estrada
na campina da colina
no leito sobre os seixos
cabelos de feixe ondulando
é o falares ou é o vento
onde a vista devora o siso

vegeta uma vontade curva
entre a nuca e o pescoço
encontro de viagens
do mamilo à axila
do olho d'água à flor da pele
nascente velada no vale
gelo esvaindo riacho
caminho do queixo ao lábio
orquestra de cigarras
na luz sem fim do fim do dia
esse meio sorriso no ar
lugar sem precisão
ponto de desadequação
fugaz e persistente
tanto quanto inestimável
e adorado
no seu canto na paisagem
amo sua discreta face
sua liberdade ambidestra
sem nome
nem nada

*

vamos e vejamos

o que houve
de ávido
nos veios
da vida

o que se acotovela
velando
esse corpo
presente

qual verdade
se enovela
no ventre
dessas sementes

o que há
de vesgo
na vertigem
do vácuo

*

últimos maracujás
adeus outono
dentro do teu sono
direi que volto já

■ primeira edição
■ abril de 2023